Daniel François Esprit Auber, Augustin Eugène Scribe, Casimir Delavigne, Thomas Overskou

Murmesteren: Syngespil i tre Akter

Antigonos

Daniel François Esprit Auber, Augustin Eugène Scribe, Casimir Delavigne, Thomas Overskou

Murmesteren: Syngespil i tre Akter

Unveränderter Nachdruck der Originalausgabe von 1880.

1. Auflage 2024 | ISBN: 978-3-38690-004-1

Antigonos Verlag ist ein Imprint der Outlook Verlagsgesellschaft mbH.

Verlag: Outlook Verlag GmbH, Zeilweg 44, 60439 Frankfurt, Deutschland
Vertretungsberechtigt: E. Roepke, Zeilweg 44, 60439 Frankfurt, Deutschland
Druck: Libri Plureos GmbH, Friedensallee 273, 22763 Hamburg, Deutschland

Det kongelige Theaters Repertoire.

Nr. 17.

Murmesteren.

Syngespil i tre Akter

af

Scribe og Delavigne, Musiken af Auber.

Oversat

af

Thomas Overskou.

Pris: 35 Øre.

Kjøbenhavn.

Forlagt af J. H. Schubothes Boghandel.
Badstuestræde Nr. 17.

1880.

Murmesteren.

Syngespil i tre Akter af Scribe og Delavigne, Musiken af Auber; oversat af **Thomas Overskou.**

Personerne:

Leon de Merinville.
Irma, en ung Grækerinde; Slavinde hos den tyrkiske Gesandt i Paris.
Roger, Murer.
Baptiste, Kleinsmed.
Henriette, Baptistes Søster og Rogers Kone.

Zobeide, Irmas Medslavinde.
Madame Bertrand.
Usbek, } Slaver hos den tyrkiske Gesandt.
Rica, }
En Opvarter.

Handlingen foregaar i Forstaden St. Antoine ved Paris.

Første Akt.

Skuepladsen forestiller Omegnen af en af Parises yderste Barrierer; paa venstre Side er et Værtshus, i Baggrunden Barrieren.

Første Scene.

Baptiste. Roger. Henriette. Md. Bertrand
(komme fra Værtshuset, for at modtage deres Venner og Beslægtede, der komme fra Tilskuernes høire Side).

Kor.
Glædens Gud her har Sæde;
Hans Tempel er nøjsomt Bryst!
Rigdom ej altid skænker Glæde; —
Nej! — leve skyldfri Lyst!

Baptiste.
Her er Munden Hjertets Tolk!
   Ds ej, som de Store!
   Komplimenter more;
Oprigtigheds og Sandheds Røst
Høres oftest blandt simple Folk!

Roger.
Min Kone jeg henrykt favner.

Henriette.
Jeg omslynger min Mand!

Roger (i hendes Arme).
O! Intet jeg paa Jorden savner,
Naar her jeg hvile kan!

Md. Bertrand.
Som hans Kone hun bryster sig —
Ak, hvorfor tog han dog ej mig?

Baptiste (til Roger og Henriette).
Kom nu herhid!
Ej knøses mere!
Gifte I ere
Og kan til sligt Fjas nok herefter faa Tid!
Nu alskens Løjer
Vi have vil!

De Gamle ved Spil
Derinde støjer;
Vi danse saa fro!
Giv Haanden! rask jeg mig svinger!
Se, hvor jeg springer!
Foran, I To!
La! La la! la!   (han danser).

Md. Bertrand.
Han med sin Dans! kjedsom den er!
En Sang bedre passede her;
Den morede hele vor Klynge!

Roger.
Nu vel! jeg en Vise vil synge:
Min Sang om den driftige Svend.

Vise.
Driftige Svend! Straalerne smile;
Munter afsted til rastløs Flid!
Herligst smager os Aft'nens Hvile,
Naar Dagen kosted Sved og Slid;
Men Kjedsomhed dog os ledsager,
Naar vi den Byrde ene drager,
Som os en hjælpsom Haand gjør kjær,
   Dog ej forsager,
   Nej ej forsager!
Altid Venner er os nær!

Kor.
Ds Kjedsomhed stedse ledsager, rc.

Roger.
Men paa min Tro! Søndagens Glæde
Lader os glemme alt igjen!
Da om Bordet tage Sæde
Med Glas i Haand hos munter Ven.
Drikke i Smug ej jeg fordrager;
Naar jeg en Rus stundom mig tager,
Venner omkring mig helst jeg ser;
   Og ej forsager;
   Nej ej forsager!
Altid Venner er os nær!

Kor.
Jeg Drikken i Smug ej fordrager, rc.

Roger.

Hvis, raske Gut! Du overgiver
Dig i den skjelmske Amors Magt,
Og af Hymen Du bunden bliver —
Vær flink og tag Dig vel i Agt!
Hvis Lediggang da Dig behager,
Andre dit Arbejd' fra Dig tager
Og for din Ladhed Dig beler —
　　Dog ej forsager;
　　Frygten forjager!
Trofast Venskab er os nær!

Kor.

Hvis Lediggang da Dig behager, ꝛc.

Anden Scene.

De Forrige. En Opvarter (kommer fra Huset).

Opvarteren.

Fra Salen herud man mig sendte,
Bruden at hente!

Roger.

O! lad dem vente!

Henriette.

Nej Roger! jeg ikke gaar fra Dig.

Roger.

Min lille Kone! Du slipper ej fra mig!

Md. Bertrand.

Ih! se det Kram er altid sammen!
Jeg er nærved af Harm' at forgaa!

Baptiste (til Roger).

Gaa ind, min Ven! thi Madammen
Man ej i Salen savne maa!

Kor.

Glædens Gud her har Sæde! ꝛc.

(De gaa alle ind i Værtshuset; kun Md. Bertrand og Baptiste blive paa Scenen).

Tredje Scene.

Baptiste. Md. Bertrand.

Baptiste. Naa, Madame Bertrand! vil De ikke træde ind i den store Sal?

Md. Bertrand. Den store Sal? Ja, det maa De sige! Der er dækket til hundrede Mennesker, og ved Frokosten kunde vi ikke være tredsindstyve i den. Hvilken Sværm af Mennesker! Hvilket Selskab! Der er en Støjen, saa at man ikke kan høre, hvad man selv siger! Og saa Deres kjære Hr. Svoger, den unge Ægtemand — han er saa forlegen for at komme til at hviske til sin Kone, og at omfavne hende. — Aa fy! det er saa simpelt, ret saa borgerligt.

Baptiste. Ere vi kanske andet end Borgere? Hør, ved De hvad, Madame Bertrand? De er den rigeste Gipshandlerske i hele Kvarteret, og søger ikke Selskab uden med de Store her i Forstaden, derfor er det, at De er saadan en fornem og vanskelig Kone; men vi andre ere simple Haandværksfolk, som ikke forstaa os paa saadant noget. Jeg er nu

Klejnsmedemester — en fattig Djævel — jeg gifter min Søster med en brav, ærlig Karl, der nylig har sat sig ned som Murmester, og som heller ikke har meget — naa! er det ikke al Ære værd? Der er saamæn ikke noget at udsætte paa Partiet; thi tro De mig, Madame Bertrand! en Murer og en Smed kan nok gjøre et Hus, som de Store sige.

Md. Bertrand. De spøger!

Baptiste. Ih! ja vist! jeg spøger saa godt jeg kan! Jeg gjør ikke Poeterne Ulejlighed med Vers til min Søsters Bryllup; jeg gjør det her ude i Forstaden, fordi Vinen her er bedre Kjøb, og det er mig, der maa betale Gildet. Det er sandt: vi ere en Slump Mennesker; derfor sad vi ogsaa lidt knebent; men hvad siger det? det beviser, at vi have Venner. Og hvad det angaar, at Roger hvisker til min Søster — han er forelsket i hende — kan De ikke lide, at han fortæller hende det? Jeg ved ikke, hvorledes man bærer sig ad ved de Stores Bryllupper; men det ved jeg, at vi Haandværksfolk vil helst selv være vore Koners Elskere? Hører De det, Madame Bertrand?

Md. Bertrand. Men, min Gud! De siger dette i en Tone —

Baptiste. Naa! naa! tag Dem det ikke saa nær; For at skaane Dem for Ærgrelse, har jeg svoret paa, at hvis han i Dag overtræder den gamle Skik, at ingen Brudgom paa Bryllupsdagen maa kysse sin Brud, saa skal han, til Straf, gaa bag efter, naar vi føre hende hjem.

Md. Bertrand. De tror altsaa, at man skulde være skinsyg over Deres Søsters Lykke?

Baptiste. Hvis saa var, da var det vel ikke saa forunderligt! Før Roger satte sig selv ned, har han jo forestaaet Deres Værksted — De havde et godt Øje til ham, og hvis han ikke havde været saa forelsket i Henriette, saa havde han nok været paa Nippet til at blive Ejer baade af Deres Haand og Formue — idetmindste siger Rygtet det.

Md. Bertrand. Vil man engang se, hvad onde Tunger kan udsprede. Man fortæller altsaa, at jeg har haft Godhed for ham? og sig nu selv, Hr. Baptiste! har De nogensinde hørt, at jeg har talt andet end ondt om ham —

Baptiste. Nej, det er sandt; men det beviser intet — De taler jo ilde om hele Verden — De skaaner ikke engang Deres Venner?

Md. Bertrand. Hvad for noget? taler jeg ilde om hele Verden? Da har jeg dog ikke endnu fortalt Dem de Griller, jeg har angaaende dette Bryllup. Sagde De ikke før, inde ved Bordet, at Roger havde faaet et Udstyr af 50 Louisdorer, og at det var Aarsagen, hvorfor De havde givet Deres Samtykke til dette Giftermaal.

Baptiste. Jo, det er sandt nok!

Md. Bertrand. Naa! og De, Mester Baptiste! der ellers er saa mistroisk, saa frygtsom, for ikke at sige saa bange som en Hare; thi De er da, Gud ske Lov, angst for alle Ting, og af bare Frygt for at blive indviklet i Ubehageligheder, gjør De de dummeste Streger af Verden.

Baptiste. Men hvad Fanden er det, De vil fortælle mig, og hvorfor overfuser De mig? Er jeg den unge Ægtemand?

Md. Bertrand. Jeg spørger Dem blot: ved De paa hvad Maade Roger er kommen til de 50 Louisdorer? hos hvem har han haft dem tilgode? hvor har han fortjent dem — ikke hos mig; thi da han for otte Dage siden gik fra mig og tog fat paa Murskeen igjen, havde han saamæn ingenting.

Da fra mit Værksted bort han drog,
Han Fattigdom kun med sig tog,
Til Gud sit hele Haab han satte, —
Hvorfra har han nu sine Skatte?
Dog — man sig ikke undre maa,
At alting han saa nemt kan faa —
Vist ej! — tænkt har jeg længe —
Ej noget ondt — o nej!
Men hvorfra han faar Penge,
Vist os han siger ej!

Kun lystigt Levnet var hans Sag,
Han tænkte ej paa næste Dag,
Og aldrig søgte han at spare:
Til Fjas han Pengene lod fare.
Hr. Ven! hvor skulde han vel da
Faa alle disse Penge fra?
Jo pyt! — tænkt har jeg længe —
Ej noget ondt — o nej!
Men hvorfra han faar Penge,
Vist os han siger ej!

Baptiste. Hm! det er rigtignok forunderligt.

Md. Bertrand. Og det har slet ikke gjort Dem urolig?

Baptiste. Nej, i det mindste ikke hidtil; men nu begynder det rigtignok at løbe mig om i Hovedet. Disse 50 Louisdorer, som han paa engang har faaet, uden at man ved hvorledes — kommer det for Oldermandens eller Politilieutnantens Øren — jeg kan komme i stor Forlegenhed — ikke fordi, at Roger jo er en ærlig Karl — og jeg ogsaa — Ih bevares! — Men hvoraf kommer det ellers, at De i Dag, da han er bleven min Svoger, sætter mig slige Griller i Hovedet?

Md. Bertrand (med flydende Tunge). Min kjære Mester Baptiste! det er til Deres eget Bedste; men dersom De bliver stødt derover, saa hav den Godhed, at anse det, som om jeg slet intet havde sagt, og lad os tale om andre Ting. De har vel ikke glemt, Hr. Nabo! at De er bedt til Middag hos mig i Morgen. Jeg skal love Dem for, at De skal faa den dejligste Komedie at se. De

ved, at mit Hus støder op til den fremmede Gesandts Pallads — De kjender ham jo nok, den hæslige Tyrk, som altid, naar han kjører ud, faar alle Forstadens Smaadrenge til at løbe efter sin Vogn — ser De, man siger, at han skal rejse i Morgen tillige med alle sine Slaver og Slavinder. Det vil blive en prægtig Stads; der er da ogsaa spurgt mig, om jeg ikke vil leje min Vinduer ud; men saadant noget er jeg ophøjet over, — den Fornøjelse vil jeg selv nyde tillige med mine Gjæster.

Baptiste. Ere de sladderagtige?

(De blive ved at tale sagte med hinanden.)

Fjerde Scene.

De Forrige. Leon (kommer fra venstre Side, fulgt af) en Tjener.

Leon. Det er godt; jeg gaar ikke længere.

Tjeneren. Naadige Herre! befaler De, at Vognen skal vente.

Leon. Nej, lad den kun kjøre til Paris uden mig. Jeg behøver ingen af mine Folk i Aften. (Tjeneren gaar; Leon ser paa sit Ur.) Hm! i min Utaalmodighed efter at komme hurtigt hertil fra Landet har jeg anstrænget mine Heste, saa at jeg er kommen en hel Time for tidlig.

Md. Bertrand (til Baptiste, idet hun ser ud ad Kulissen). Nej, se en Gang den dejlige Vogn, der kjører bort.

Baptiste. Hvad mon det er for en ung Herre, der staar?

Md. Bertrand. Jeg kjender ham ikke.

Baptiste. Jeg ikke heller. Hvor han betragter os. — Det er bestemt en Spion, der er sat ud paa os af Politilieutnanten. Siden De talte til mig om det, De ved nok, mistror jeg hele Verden.

Leon. Mine Venner! hvad hedder denne Barriere?

Md. Bertrand. Det er Barrieren Charenton.

Leon (viser tilhøjre). Og er dette den korteste Vej til Porten St. Antoine.

Baptiste. Ja det er, naadige Herre! De følger hele Tiden denne Vej, indtil De kommer til et stort Pallads med Søjler uden for — det er der den tyrkiske Herre bor, som Folk snakke saa meget om — det skal være en slem Karl, vil man sige.

Md. Bertrand. En Hedning, der hverken kjender Tro eller Love, og som, ganske nylig, har ladet en af sine Slaver dræbe, fordi han har slaaet en Kop itu.

Leon. Det er altsaa der hans Hotel ligger?

Baptiste. Vist er det; naar De kommer der, drejer De om til højre, og saa kommer De ind i den store Gade, der gaar lige til Bastillen.

Leon. Jeg takker og beder om Forla=
delse, fordi jeg har ulejliget Dem.

Femte Scene.
De Forrige. Roger.

Roger (kommer fra Værtshuset). Men min
kjære Md. Bertrand! og Du, Svoger! hvad
bestille J her? Nu skal man til at slaas
om Brudens Strømpebaand.

Leon (ser Roger). Hvordan! hvad ser
jeg?

Roger.
Hvad! hvordan! det er Dem, jeg atter gjenser?

Leon.
Jeg tager ikke Fejl! Hvad, min Frelser! Du
her?

Baptiste.
Han omfavner min Svoger!

Md. Bertrand.
Hvad mon dette betyder?

Leon og Roger.
Det mig inderligt fryder,
At jeg gjenser Dem her.
Min Tak jeg varmt Dem byder;
De min Velgjører er!

Md. Bertrand.
Hvad mon dette betyder?
Ham den Herre har kjær!
Hvor han lykkelig er!
Ind til ham Lykken flyder,
Han dens Skjødebarn er!

Baptiste.
Hvad mon dette betyder?
Saadan stor Kavaler!
Kjendt med Svoger han er.
Jeg megen Ære nyder,
Som i Slægt med ham er!

Baptiste (til Roger).
Men sig, min Ven! hvordan tilgaar det,
At Du er kjendt med denne Mand?

Roger.
Hr. Svoger ej at vide faar det,
Jeg ikke kan —

Leon.
Jo vist, nu han
Høre skal af mig selv, hvor modigt
De fra mit Bryst Mordstaalet rev.

Baptiste.
Hu! det var blodigt!

Leon.
Ja, ved ham ene frelst jeg blev!

Aria.
Sunken sværmende hen i Tanker,
Henreven af Aft'nens Fred,
Jeg ensomt for nylig omvanker,
Ubevæbnet, nær dette Sted,
Da mig med et, i Nattens Mørke,
En væbnet Skare falder an —
Jeg staar, uden Hjælp, mod en Styrke,
Som ej jeg ene tvinge kan.
J yderste Fare jeg svæver,
Da noget fra en Vises Klang

Mit Øre naar — mit Mod sig hæver,
Thi nær jeg hører denne Sang:
  O, ej forsager,
  Nej, ej forsager,
  Trofast Venskab er os nær!
Og jeg ser — ham det er!

Roger.
Jeg fra mit Arbeid' just hjemvendte
Med mit Værktøi paa min Bag,
Lystig og munter jeg endte
Den snart hensvundne Dag.
Jeg tænkte just i det samme
Paa Ægteskabsgudens Flamme,
Og tralled' glad
Mit Kvad:
  Hvis, raske Gut! du overgiver
  Dig i den skjelmske Amors Magt! —
Da med et jeg hører et Skrig,
Og ser ham modigt at stride,
For sig fra de Skurke at slide
Som ham vilde slæbe med sig.

Leon.
Han mod Banden dristig sig vender —

Roger.
Thi hans Kjækhed oplued mit Mod —

Leon.
Og de, af Frygt, straks Striden ender —

Roger.
Fordi de saa, tapper han stod!

Leon.
Hele Skaren hurtigt bortrender —

Begge.
Og vi har Sejren uden Blod!

Leon.
Men tror De vel, jeg ej erfarer,
Hvo han er, min tapre Forsvarer?
Hans Navn han mig ikke sige vil,
Og næppe har jeg Tid nok til,
Ham min Fryd at tilkjendegive,
Og min Børs, uden at han det ved,
I hans Lomme at stikke ned,
Før han mon af min Favn sig rive —
Jeg ene staar, maalløs og glad,
Hører kun den Flendes Kvad:
  O, ej forsager,
  Nej, ej forsager!
Trofast Venskab er os nær!

Leon og Roger.
Det mig inderligt fryder,
At jeg gjenser Dem her.
Min Tak jeg varmt Dem byder,
De min Velgjører er!
Ja, ædle Mand! De er mig kjær.

Md. Bertrand.
Altsaa det det betyder?
Hvor han lykkelig er!
Ind til ham Lykken flyder,
Han dens Skjødebarn er.

Baptiste.
Altsaa det det betyder?
Hvor han lykkelig er!
Kors, hvilken Ære nyder
Familien ej her!

Md. Bertrand (til Leon, der under Efter-spillet synes at sørge). Ja, min Herre! Han hedder Roger, er Murmester, og bor her i Forstaden St. Antoine!

(Leon tager sin Tegnebog frem og skriver. Imid-lertid gaar Mad. Bertrand om paa højre Side af Baptiste.)

Baptiste. Det er altsaa paa den Maade, han er kommen til de 50 Louisdorer.

Roger. Ja ganske vist! det er denne Herre, jeg kan takke for, at jeg er bleven gift. Uagtet vi vare gode Venner, nægtede Du mig jo alligevel Din Søster til Kone; — men da Du saa, at jeg havde Penge —

Baptiste. Tal aldrig om det, Svoger! Det er jo saa naturlig: Du har forandret Dine Formuesomstændigheder og jeg har for-andret mine Tanker — sligt hændes jo hver Dag. (sagte til Md. Bertrand) Nu kan De da se, at Deres Formodninger —

Md. Bertrand. Jeg havde jo rigtignok paa en Maade Uret; — men vidste jeg ikke nok, at der maatte stikke noget under — og Sagen er da heller ikke saa ganske oplyst endnu; thi hvad tror De vel, denne Herre har havt at bestille alene her paa dette afsides Sted, saa langt ud paa Aftenen. (Gjæsterne raabe indenfor: „Det unge Ægtepars Skaal!")

Baptiste. Nej, hør en Gang! — Men det gaar nok ikke an, at de drikke Skaaler, uden at jeg, som Svoger, er med. Kom lad os gaa ind, Mad. Bertrand!

Md. Bertrand. Ja, lad os det. Des-uden have de to gode Herrer nok en og anden Hemmelighed at fortælle hinanden; thi det siger jeg endnu en Gang: der stikker noget under!

(hun gaar ind i Værtshuset med Baptiste.)

Sjette Scene.

Leon. Roger.

Leon. Jeg er da saa lykkelig at vide, hvem min Redningsmand er. Du skal ikke oftere undfly mig. I Morgen, min kjære Roger! skal Du høre fra mig.

Roger. Deres Godhed har skjænket mig Alt, jeg har Dem at takke for, at jeg nu er gift — jeg forlanger ikke mere.

Leon. Stille min Ven! jeg skylder Dig endnu meget, og endskjønt jeg hører til den store Verden, saa er det dog min Maade at betale min Gjæld. Vi ses i Morgen —

Roger. Hvorledes! De vil allerede for-lade os! — Hvis jeg turde bede Dem om en Naade —

Leon. Og den er? — Sig mig det hurtigt!

Roger. Jeg ved jo nok, at De er langt fornemmere, end en stakkels Haand-værksmand, som jeg og mine Lige; men mit Hjerte siger mig, at De er en god og ædel Mand. Jeg skylder Dem min hele Lykke; uden Deres Hjælp kunde jeg ikke have giftet mig — hvis jeg turde bede Dem, at De i Aften vilde blive hos os, og hædre mit Bryllup med Deres Nærværelse — det er den eneste Gunst jeg ønsker — jeg beder Dem ikke om andet —

Leon. Hvorledes? —

Roger. Det vil bringe mig og min Kone Lykke. De skal se, hvor smuk hun er, og hvor højt jeg elsker hende. Naadige Herre! De vil maaske selv finde Glæde i at se os nyde en Lykke, De selv har skabt.

Leon. Du har Ret; det vilde sikkert glæde mig! Men, stakkels Roger! det første, Du beder mig om, er jeg, desværre! nødt til at afslaa Dig.

Roger (smerteligt). Jeg beder om Forla-delse for min Ubeskedenhed!

Leon. Tror Du, at jeg afslaar det af Stolthed? Nej, min Ven! Du kjender mig ikke! Men Du elsker, Du tilbeder Din Kone — Du vil let kunne forstaa mig: I Aften, om nogle Øjeblikke, skal jeg være paa et Sted, hvor man venter mig, og hvorfra jeg ikke vilde udeblive, om det endogsaa skulde koste min Formue — ja mit Liv.

Roger. Hvad siger De? Er De udsat for nogen Fare?

Leon. Nej, jeg tror det ikke; men man bestormes ofte af Tanker og Anelser, som man ikke selv kan gjøre sig Regnskab for.

Roger. O Gud! nu gjætter jeg alt! Og da jeg i forrige Uge traf Dem, da kom De fra ligesaadant et Stævnemøde?

Leon. Det kunde nok være —

Roger. Og Snigmorderne vare udsendte fra det Hus, hvori De havde været, for at passe Dem op?

Leon (smilende). Ja! Synes Du ikke, at det er fortræffelige Tjenere, der aldrig gjøre Indvendinger imod Deres Herres Befalinger? Hvis Du imidlertid kjendte dem lige saa godt som jeg, da vilde Du indse, at de arme Men-nesker ikke kan handle anderledes.

Roger. Og De vil atter udsætte Dem for en saadan Fare?

Leon. Hvorfor ikke? (sagte, idet han tager et sammenlagt Brev frem) Abdalla er fravæ-rende, Irma venter mig, og jeg dvæler her endnu?

Syvende Scene.

De Forrige. Henriette.

Henriette. Men hvad bestiller Herren her? Fra alle Kanter raabe de paa Brud-gommen, ingen ved, hvor han er bleven af, og saa staar han her ganske rolig og sladrer, mens jeg er saa urolig over hans Fravæ-relse, at —

Leon. Formodentlig Din Kone?

Henriette. Ja, naadige Herre! Ved De vel, at det er ikke smukt af Dem, at De saaledes opholder min Mand? De er Skyld i, at jeg har forstyrret to Kontradanse; thi jeg løb hele Tiden til Vinduet for at se, om det ogsaa var et Mandfolk han sladrede med — og at danse og staa paa Lur paa en Gang, det gaar slet ikke an.

Roger. Som De ser, er min Kone lidt skinsyg.

Henriette. Ja det vil jeg ikke fragaa.

Leon. Jeg alene er den Skyldige! — Om Forladelse, Jomfru.

Henriette (stødt). Jomfru?

Leon (smilende). Jeg tog fejl; jeg vilde sige: Madame!

Henriette. Siger intet! Det er saamæn ikke af Stolthed — men det fornøjer mig saameget at høre det Ord. Jeg ønskede saa inderligt, at jeg maatte komme til at hedde Madame Roger — Madame Roger, det er et smukt Navn — er det ikke, naadige Herre?

Roger. Kjære Henriette!

Leon. Roger! hvor Du er lykkelig! — Ingen kunde sætte sig imod Dit Giftermaal — Du kunde ægte den, Du elsker, og Du har Aarsag til at elske hende — jeg er ikke istand til at skjænke Dig noget, der kan forhøje Din Lykke. Men inden jeg forlader Jer, vil jeg dog give Bruden en Erindring om mig. (Han tager en Brillantring af Fingeren) Modtag denne, smukke unge Kone!

Henriette (trækker den højre Haand, som han vil tage til sig). Nej, nej, naadige Herre! ikke paa den Haand; der sidder den Ring, som Roger har givet mig. Jeg takker mangfoldig! (til Roger) Hvor den glimrer! Men det er det samme, jeg holder dog mere af den anden (ser paa den anden Haand). Men lad os nu gaa ind igjen til dem, der danse; vi kan blive ved noget endnu; thi Klokken er ikke mere end ni.

Leon (levende). Er den ni?!

Roger (sukkende, idet han ser paa Henriette) Ja, naadige Herre! mere er den ikke.

Leon. Lev vel, mine Venner! lev vel og stol paa mig! (vender tilbage og griber deres Hænder) Vil Skjæbnen, at vi skal skilles ad for evig, at vi aldrig mere skal se hinanden — dog, bort med disse Tanker! Vi skal sikkert ses igjen. — Lev vel, Henriette! lev vel Roger! God Nat!

(gaar ud til højre).

Ottende Scene.

Roger. Henriette.

Henriette. Det var ret en artig Herre!

Roger. Du er altsaa ikke mere vred paa ham.

Henriette. Langtfra! det lod til, at han godt kunde lide os, og derfor kan jeg ogsaa lide ham. Men hvor gik han nu hen saa hastigt.

Roger. Det er en Hemmelighed!

Henriette. Ja saa, en Hemmelighed! — det var besynderligt. Farvel, min Herre!

(hun gaar nogle Skridt hen mod Værtshuset, Roger holder hende tilbage.)

Henriette.

Jeg vil gaa!
Thi os man venter paa!

Roger (holder hende tilbage).

Du vil gaa;
Men smukt Du blive maa!

Henriette.

Hvordan! — Hvad har Du mig at sige?

Roger.

Du er smuk, uden Lige,
Og jeg er lykkelig
Ved at tilhøre Dig.
Jeg evig tro Dig bliver!
Du vist mig samme Forsikring giver?

Henriette.

Slip mig straks! jeg vil gaa;
Du ej mig holde maa!

Roger.

Husk paa, det kan være,
At nu jeg tale kan,
Som den, der er Din Herre;
Thi nu er jeg Din Mand!

Henriette.

Ja saa! (nejende) Ih! Din Slavinde!

Roger.

Og hvis Du skulde finde
Lyst til at drille mig,
Da vil jeg — omfavne Dig!

Henriette.

Jeg vil gaa;
Thi os man venter paa.
Jeg ser, Du vække vil min Harme;
Men det Dig lykkes ej.

Roger (holder paa hende).

Du vil gaa;
Men her Du blive maa.
Du ser min Elskovs Varme,
Og dog Du gaar Din Vej?

Roger.

Saa skal vi altsaa plages
Med Dans og Lystighed,
Indtil man, naar det dages,
Af Støjen bliver kjed.

Henriette.

Hr. Mand!
Hvad mener han?

Roger.

At man sin Kone kan
Give et Kys, uden at frygte
At komme slemt i Rygte.

Henriette.

Vist man søger om mig
Og kan mig ikke finde.

Roger.

Gaa! men jeg beder Dig,
Se til, at Du fra Sværmen kan forsvinde.

Henriette.

O Snak! Du nok til Dag
Kan uden Kysse vaage.

Roger.

Vist ej! Ser Du den Laage?
Der lister Du Dig bag;
Jeg der, Elskte! Dig venter,
Og Du et kjærligt Kys Dig henter.
Se, derpaa ind vi gaa!

Henriette.

Jeg vil gaa!

Roger.

Hvis jeg Dig vente maa,
Da kan Du gaa.

Henriette.

Intet jeg lover!
Nej, nej, saa slip mig dog!
Du er ej klog.

Roger.

Intet Du lover;
Men jeg vover,
Du kommer dog.

Henriette.

Saa hold dog op! Hist jeg Nogen kan høre.

Niende Scene.

De Forrige. Usbek og Rica
(komme fra højre Side, indhyllede i Kapper).

Roger.

Ja vist! Se hvilke To! Fortrød de vist vil
gjøre.

Henriette.

De indjage mig Skræk!

Roger.

Er Du bange hos mig?
Du staar paa Kongens Grund; lad sligt ej
ængste Dig

Usbek.

Hvad Abballa har budt, vi straks i Værk
maa sætte.

Rica.

Hvad om vi spørge her?
Han kan maaske udrette —

Usbek.

Nej, den vi søge, han vist ej er.   (de gaa.)

Henriette (trykker sig op til Roger).

De er borte; men dog jeg bæver,
Og min Barm sig ængstelig hæver.

Roger.

Frygt ej; thi Du er tryg ved min trofaste
Barm,
Jeg min Kone skal skjærme med kjæmpestærk
Arm.
Men gaa nu ikke ind; thi man Dig ej vil
savne.
(Mad. Bertrand kommer ud fra Værtshuset, og bliver
staaende i Baggrunden for at lytte.)

Henriette.

Hvad vil Du da?

Roger.

Dig ømt omfavne.

Henriette.

Nu vel, Du da et Kys skal faa;
Men saa Du skal lade mig gaa.
(Mad. Bertrand skynder sig ind i Værtshuset.)

Roger.

Vi ene er;
Man ej os ser;
Men nu Du her
Et Kys kan give i Fred,
Og saa afsted!

Henriette.

Vi ene er;
Man ej os ser;
Men nu jeg her   ·
Et Kys kan give i Fred;
Og saa afsted!
(han vil kysse hende, da Gjæsterne paa engang styrte
ud af Værtshuset.)

Tiende Scene.

Roger. Henriette. Baptiste. Mad. Ber-
trand og alle Gjæsterne.

Kor.

Kom til Hjælp! stopper Tyven! han vil kysse
sin Brud!

Md. Bertrand (til Baptiste).

Hvis ej jeg var i Tide kommen ud,
Var Deres Lov nu overtraadt.

Roger (med Lune).

Ah! altsaa De har os forraadt!

Henriette.

Jeg skulde tro, i Tugt og Ære
En Brud sin Brudgom kysse kan;
Mod mig han dog vel øm tør være,
Det tror jeg Ingen nægte kan.

Roger.

Jeg ved, et Kys i Tugt og Ære
Man vel sin Kone give kan,
Man mod sin Kone øm bør være,
Det dog vel Ingen nægte kan!

Kor.

Han husker ej Kontrakten mere;
Sin Brud i Enrum kysser han?
Nej, sligt han smukt skal lade være,
Det han i Morgen gjøre kan!

Md. Bertrand (til Henriette).

Jeg beder, De vred vil ikke blive.

Henriette (sagte).

Gud ved, hvad det kom hende ved!

Md. Bertrand.

Husk paa, det er Skik paa dette Sted:
Ej Brudefolk hinanden Kys maa give.

Baptiste.

Han nu til Straf ej maa gaa med.

Roger.

Hvad skal jeg, naar min Brud jeg ej maa
føre?

Baptiste (giver ham Penge)

Der, Du nu med vor Vært kan min Reg-
ning afgjøre,
Saa tager jeg Din Plads.

Roger.
Pas paa, jeg kommer snart!
(iler ind i Værtshuset.)
Baptiste.
Nu til Parrets Hus i en Fart!
Den smukke Brud vi tro ledsager.
Marsch! marsch! foran Musiken drager!
(Spillemændene aabne Toget; Baptiste giver Hen-
riette, den fornemste Brudekarl Md. Bertrand
Haanden. I det samme komme Usbek og Rica
atter ind og blive staaende i Baggrunden, hvor-
fra de holde Øje med Toget.)
Kor.
Gid, som nu, Du med Glæde
Henvandre Livets Vej!
Paa Roser Foden træde,
Torne den saare ej!
(Toget er borte ved Korets Slutning.)

Ellevte Scene.

Roger. Usbek. Rica.

Roger
(taler ind i Værtshuset, hvorfra han kommer med
sin Pengepung i Haanden. Traktøren lukker sin
Dør og Vinduesskaaderne.)
Drengen Resten maa
I Drikkepenge faa!
Nu afsted! jeg skal dem nok indhale!
(han vil ile afsted.)
Usbek (standser ham).
Kammerat! Du bekjendt her vist er?
Roger (stikker Pungen i Lommen).
Hvad, De endnu her?
Usbek.
Sig os, min Ven! hvor kan vi faa i Tale
En paalidelig Murer og en duelig Smed.
(To andre Personer, indhyllede i Kapper, vise sig i
Baggrunden og lytte til.)
Roger.
Murer, det er jeg, bekjendt paa dette Sted.
Usbek og Rica (sagte).
O Held! her har vi Manden!
Usbek.
Vil Du fortjene Penge?
Roger.
Ja, saavel som hver en
Anden.
Rica.
Nu vel, saa stole vi paa Dig.
Der er Penge, min Ven!
Roger (sagte, idet han tager Pungen).
Hvor heldigt det sig maa skikke,
At just de Herrer skal træffe paa mig.
(højt)
Hvad skal jeg gjøre?
Usbek.
Følg!
Roger.
Hvad, nu straks?
Rica.
Ja, følg med!

Roger (givende Pungen tilbage).
Nej, mine Herrer! jeg følger Dem ikke,
Jeg har Bryllup i Dag, og jeg nu vil gaa
hjem,
Jeg for en Million ej nu vil gaa med Dem.
I Aften vil jeg have Fred!
Usbek.
Ha! med Magt jeg herfra Dig slæber.
Roger.
I tro, at tvinge mig I kan?
Rica.
Ja følg, hvis ej man herfra Dig slæber.
Roger (leende).
I har nok mistet Jer Forstand!
Usbek.
Straks følg med, eller jeg Dig dræber!
Roger.
Jeg gaar ej med!
Usbek og Rica
(tage ham hver ved sin Haand, og sætte ham to
Pistoler for Brystet).
Nu straks afsted!
Du gaar paa Øjeblikket med,
Hvis ej Du straks vil skydes ned!
Roger.
Hvordan! I ved Livet mig vil skille?
O, jeg af Harme maa forgaa!
(sagte).
Jeg følge maa, skjønt helst jeg vilde
Af Hjertens Grund de Skurke slaa.
Ha! jeg ikke kan mig mod dem staa!
Usbek og Rica.
Vi intet ondt Dig gjøre ville
Men straks Du med os følge maa!
Vær ej saa hæftig! saa ti dog stille!
(Usbek og Rica trække Roger hen i Baggrunden af
Theatret, hvor de to andre indhyllede Personer
modtage dem, hvorpaa de gaa ud paa venstre
Side.)

Anden Akt.

En prægtigt udpyntet Grotte, der er oplyst
ved mange Kandelabrer. I Baggrunden er en Ind-
gang, ved første Kulisse paa højre Side en Aab-
ning, der er tillukket med en løs Sten, ved samme
Kulisse paa venstre Side staar et Bord med Frugter
og Blomster nærved en Pille, der understøtter
Hvælvingen.

Første Scene.

Naar Tæppet gaar op sidde Irma og Zobeide,
i østerlandsk Dragt, ved Bordet; flere af deres
Medsøstre spille paa Harpe eller danse bag ved dem.

Kor.
Vi ved Harpens Klang

Vil vor Trældom glemme.
Døve Hjertets Stemme,
Synge fro, trods Tvang.

Zobeide.

I Frankrig Last kun bæver;
Dets Kyster Fryd omsvæver,
Her Slavinden hæver
Om Frihed sin Sang.

Kor.

Vi ved Harpens Klang :c.

Zobeide.

Det er snart paa Tiden, vi adskilles maa,
Dog før vi til vort Fængsel fra hinanden
                                    gaa,
Du, Irma! maa lade os høre
Et af af dine skjønne Kvad om Græken-
                                lands Nød,
De til Taarer altid os røre;
Thi ved vor Vugge tidt de lød!

Irma (rejser sig).

I sin unge Slavinde
En Gang en Tyrk forelsket var;
Men den stolte Zelinde
Gav ham kjæk dette Svar:
Skjøndt Lænken mig betynger,
Skjænker Gud mig dog Ro.
Trods dine gyldne Tynger
Jeg svigter ej min Tro!
Min Nadir har jeg givet
En øm og hellig Ed;
Og ofrer heller Livet,
End svigter Kjærlighed!

Kor.

Ja! heller ofre Livet,
End svigter Kjærlighed!

Irma.

Dybt i Zelindes Hjerte
For den Rasendes Staal;
Men hun i Dødens Smerte
Udbrød med stille Taal:
Mig Graven venlig ka'ser;
Thi tro jeg holdt min Ed;
Jeg heller trofast falder,
End svigter Kjærlighed!

Kor.

Jeg heller trofast falder,
End svigter Kjærlighed!

Zobeide.

Det er paa Tide, at herfra til Hvile vi gaa.
I ved, at i Morgen vi maa
Herfra; atter hjem vi skal drage.

Kor.

Snart svandt de salige Dage!
Sover vel! god Nat!

(De gaa ud i Baggrunden.)

Anden Scene.

Irma. Zobeide.

Zobeide. Men, Irma! har jeg ogsaa
rigtigt forstaaet hvad Du sagde mig? Du
vil ikke længer blive iblandt os?

Irma. Nej! — Du er min bedste Ven-
inde; og før jeg skilles fra Dig for evig, vil
jeg dog sige Dig mit sidste Levvel!

Zobeide. Hvad tænker Du paa? I
Morgen skal vi jo tværtimod rejse herfra med
Gesandten. Du ved dog, at han i Dag er
kjørt til Versailles, for at faa Afskedsaudien's
hos Kongen?

Irma. Jeg ved det! I rejse i Morgen,
I drage bort med ham; men uden mig.

Zobeide. Du gjør mig højst forundret!

Irma. Har Du glemt, at naar vi komme
tilbage til Abdallas Fædreneland, skal jeg
ægte ham? Siden den Dag, da han for-
talte mig denne skrækkelige Tidende, har jeg
været et Rov for den frygteligste Fortvivlelse,
og min Smerte havde sikkert bragt mig i
Graven, hvis ikke Abdalla, der saa min Til-
stand og ikke kunde forlade Paris, havde
ladet mig føre ud paa Landet. Nærved det
Sted, hvor han lod mig være ene med mine
Bekymringer, boede en ung Herre i et præg-
tigt Slot — en Franskmand!

Altid hans Billed' mig ledsager,
        Han er mig nær!
Hvorhen min Længsel end mig drager,
        Jeg ham dog ser!
Naar jeg i Stilhed mig beklager,
        Svæver han her,
Naar jeg i Drømme Trøst modtager,
        Af ham det er!

        Saa Du, hvor glad
        Han mig omfavner,
        Hørte hans Kvad,
        Naar han mig savner —
        Du Amor tilbad!

Vinker Skjæbnen mig til det Fjerne,
Jeg ser ej ham, ej Haabets Stjerne,
Derfor skal den Elskedes Haand
I Nat bryde Trældommens Baand.
Er jeg forraadt — jeg ved, min Brøde
Jeg straks med mit Liv maa bøde —
Men —

        Saa Du, hvor glad
        Han mig omfavner,
        Hørte hans Kvad,
        Naar han mig savner —
        Du Amor tilbad!

Zobeide. O Gud! og det er i Nat, han
skal komme her?

Irma. Ja, om en Time. Ibrahim, min
tro Slave, venter ham ved Haveporten; Rica
en af vore Landsmænd, er ogsaa i For-
staaelse med os.

(Man hører en Marsch.)

Zobeide. Hør, det er vore Bevogtere, der
gaa omkring, for at se om alting er roligt.

Irma. Naar det er sket, gaa de til
Sengs. Kom med, Zobeide! og lad mine

Bønner og mit Venskab overtale Dig til at følge mig.

(De gaa ud i Baggrunden.)

Tredje Scene.

Usbek og Rica (klædte som i første Akt, komme ind fra højre Side med seks Slaver, der ere klædte i tyrkisk Dragt).

Usbek. Det er godt! Alting er roligt i Palladset. I vor Beherskers Fraværelse skulle I alle rette Eder efter mine Befalinger. Se her det Firman, som paalægger Eder den strængeste Lydighed.

Rica. Det er da efter hans Befaling, at vi i Dag bære disse fremmede Dragter.

Usbek. Efter hans Befaling. (Til de andre Slaver). Gaar hen og tager de Klæder paa, som jeg har besørget til Eder; udfører derpaa mine Befalinger med Nøjagtighed; thi Abdalla belønner Troskab, men straffer Forræderi. — Lad Ibrahims Skjæbne være Jer et Bevis derpaa.

(Slaverne gaa bort i Baggrunden.)

Fjerde Scene.

Usbek. Rica.

Rica. Hvad siger Du? Ibrahim, den græske Slave —

Usbek. Er ikke mere.

Rica. O Gud! hvori bestod da hans Forbrydelse!

Usbek. Vor Behersker har dømt ham til Døden.

Rica. Men, Usbek, om han nu befalede Dig at dræbe mig, — mig, Din Ven? —

Usbek. Da vilde jeg adlyde.

Rica. Og dersom han nu en Gang fordrede Dit Hoved?

Usbek. Ogsaa da vilde jeg adlyde.

Rica. Usbek! i det Land, hvori vi nu ere, vilde man have ondt ved at forstaa sig paa saadan en underdanig Lydighed.

Usbek. Kun de Vantroende kunne beklage sig derover; thi de ere ikke opklarede af den hellige Korans Lys, de kjende ikke Profetens Stemme.

Rica. Det har Du Ret i; men derimod høre de undertiden Venskabs Stemme.

Usbek. Tror Du da, at jeg er døv for den? Sæt, at jeg ogsaa havde Befalinger angaaende Dig.

Rica. Ih Gud! hvad siger Du? —

Usbek. Irma havde bestukket Slaven Ibrahim — hun havde faaet ham til, i Morges at bringe et Brev til en Franskmand, en af Landets unge Herrer, og da hun gav ham Brevet, da var Du tilstede — Du har set det!

Rica. Jeg?! —

Usbek. Og Du har ikke aabenbaret det!

Rica. Men skulde jeg da være nødt til at blive en Forræder, en Angiver? —

Usbek. Er det ikke Din Pligt? Er det ikke Slavens Pligt? Der var allerede givet Befaling til, at Du skulde fængsles — tak mine Bønner for, at denne Befaling ikke blev udført — men det vil nu komme an paa, hvorledes Du i Aften opfører Dig, om vor Behersker skal lade Dig føle sin retfærdige Vrede eller sin Højmodighed.

Rica (skjælvende). Usbek! hvad skal jeg gjøre?

Usbek. Om saa Øjeblikke vil den unge Franskmand, ifølge Irmas Brev, som vor Behersker har ladet ham faa, indfinde sig ved Haveporten.

Rica. Og saa?

Usbek. Lader Du ham komme, lukker Porten efter ham, og derpaa —

Rica. Derpaa — O Gud! skal jeg saa slaa ham ihjel?

Usbek. Vist ikke! Men der kommer Nogen! Jeg har Befalinger for hvad jeg har at gjøre, og jeg skal siden give Dig Befalinger for hvad Du har at gjøre.

Femte Scene.

De Forrige. Roger. Mange Slaver (med bredskyggede Hatte og Kapper paa, komme fra Baggrunden).

Roger (der træder ind med et Bind i Haanden). Men saa tal dog! — Hvor føre I mig hen?

(Rica og Slaverne, der kom med Roger, gaa ud.)

Usbek. Det behøver Du ikke at bryde Dig om, naar der kun ikke hændes Dig noget Ondt. Har jeg ikke hidtil holdt Dig mit Ord?

Roger. Forstaar sig! jo! i to Timer have vi rullet omkring i en vel tillukket, magelig Karet — men det maa jeg sige, jeg holder dog mere af at gaa til Fods efter mit eget Hoved, end at kjøre i Karet efter andres.

Usbek. Vær Du kun rolig; om nogle Timer skal Du blive bragt tilbage til Dit Hjem paa samme Maade.

Roger. Ja, det vil jeg haabe; thi min stakkels lille Kone er vist forskrækkelig urolig og forundret over, at jeg saadan er kommen bort. — Hvordan Fanden skulde jeg ogsaa i Morges have tænkt, at jeg skulde tilbringe Natten her? — Men lad gaa! — Lad mig nu faa fat paa Arbejdet, at jeg kan skynde mig noget, og blive færdig, saasnart som muligt. Hvad er det, jeg skal bestille?

Usbek. Du kan straks begynde med at tilmure Indgangen til denne Grotte.

(Peger paa Indgangen i Baggrunden.)

Roger. Hvad skal det gjøre godt for?

Usbek. Det kommer ikke Dig ved!

Roger. Ja, ja! som Dem behager! — Men jeg maa have Kalk, Sten og Værktøj.

Usbek (peger paa Baggrunden). Der vil Du finde Alt, hvad Du behøver. Men hvad staar Du og stirrer saadan for?

Roger. Jeg staar og tænker — er det kanske ikke tilladt?

Usbek. Og hvad tænker Du da?

Roger. At jeg er paa et mistænkeligt Sted.

Usbek. Tag fat paa dit Arbejde og lad saadanne Tanker fare.

Roger. Saamæn da! Skulde der stikke nogle slemme Optøjer eller djævelske Anstalter under, saa er jeg Mureren, det er sandt nok; men De er Bygmesteren, og De skal staa inde for Alt.

Sjette Scene.

De Forrige. Baptiste (med tilbundne Øjne, fulgt af to Slaver).

Baptiste (endnu udenfor). Men, med Deres Tilladelse, mine Herrer!

Roger. Jeg synes, jeg skulde kjende denne Stemme? —

Baptiste (hvem man tager Bindet fra Øjnene). De har lovet mig, at De ikke vil gjøre mig Fortræd —

Roger (sagte). Gud! Baptiste — min Svoger!

Usbek. Fat Mod, og staa ikke saaledes og ryst! — Du er Klejnsmed?

Baptiste. Ja, bedste Herre! jeg er Klejnsmed af Profession, men lidt bly af mig — af Karakter.

Roger (sagte). Han ogsaa! — Hvortil mon de vil bruge en Smed?

Baptiste. Jeg maa ellers have den Ære at sige Dem, at jeg ikke er vant til at gaa paa Arbejde saa til Dags. (han ser Roger, som staar paa den anden Side af Theatret) Ih, min Gud!

Roger (gjør Tegn til ham, at han skal tie).

Usbek. Hvad er der paa Færde? Hvad fejler Dig?

Baptiste. Hvad? mig? Jeg fejler ikke noget! Jeg er bange, som jeg plejer at være — jeg er bange — det er det Hele!

Usbek (viser ham Aabningen paa højre Side). Her udenfor maa Du straks tillave alt, hvad Du behøver, for at gjøre denne Sten fast i Muren. Jern og Værktøj finder Du derude; men først maa Du sætte disse Lænker sammen.

Baptiste. Ja, naadige Herre! det skal straks ske. Det er nok et Arbejde, som det haster med?

Usbek. Ingen Anmærkninger! —

Baptiste. Ih! aldeles ikke! jeg har altid bestræbt mig for at behage mine ærede Kunder — og siden De beærer mig med Deres Tillid —

Usbek. Det er godt! — ti og arbejd!

(Slaverne, der have fulgt Baptiste ind, gaa paa et Vink af Usbek. Denne spadserer frem og tilbage i Baggrunden, og viser sig af og til ved den midterste Aabning. Roger har hentet en Sten, som han med Møje vælter frem og derpaa begynder at hugge til, medens Baptiste er beskjæftiget paa den anden Side med at sammensætte Lænkerne, som allerede ere fastgjorte ved Villen.)

Roger og Baptiste.

Rap og stærk
Til dit Værk!
Fortjen ved Slid dit Brød!
Gjør din Flid,
Nyt din Tid;
Fattig Mand maa med Nød
Fortjene surt sit Brød!
Rap og stærk
Til dit Værk!

(Usbek har fjernet sig fra Indgangen. Roger og Baptiste nærme sig hinanden, og blive ved med halv Stemme:)

Baptiste.
Hvad, Svoger her jeg finder.

Roger.
Jeg ser Dig paa et Sted —

Baptiste.
Hvor mit Mod snart forsvinder —

Roger.
Før os ej i Fortræd!

Baptiste.
Er Du angst!

Roger.
Kan det baade?

Baptiste.
Da er jeg!

Roger.
Nægtes ej!

Baptiste.
Hvo de er —

Roger.
Er en Gaade —

Baptiste.
Og hvor vi er —

Roger.
Ved ej jeg!

(Usbek lader sig se ved Aabningen paa højre Side. De ile fra hinanden, hver til sit Arbejde og gjentage rask:)

Rap og stærk
Til dit Værk!
Fortjen ved Slid dit Brød!
Gjør din Flid,
Nyt din Tid!
Fattig Mand maa med Nød
Fortjene surt sit Brød!
Rap og stærk
Til dit Værk!

(Usbek gaar atter bort. De nærme sig hinanden og vedblive med halv Stemme, meget hurtigt, saa at de næsten tale paa en Gang:)

Roger.
Jeg bagefter Jer hasted —
Baptiste.
Jeg just hjem vilde gaa —
Roger.
Da to Mænd mig antasted —
Baptiste.
To Banditter jeg saa —
Roger.
De mig sige, de trænge —
Baptiste.
Til en Mand af mit Fag —
Roger.
Love fuldt op af Penge —
Baptiste.
For et Arbejd' til Dag, —
Roger.
Som en Blind —
Baptiste.
   De mig med —
Roger.
Fører til
Baptiste.
  Dette Sted.
Roger.
Just som Dig —
Baptiste.
  Gik det mig; —
Roger.
Samme Grav —
Baptiste.
  Faldt vi i!
   (ser Usbek).
Men ti! —
   Begge.
Rap og stærk
Til dit Værk!
Fortjen ved Slid dit Brød!
Gjør din Flid,
Nyt din Tid!
Fattig Mand maa med Nød
Fortjene surt sit Brød!
Rap og stærk
Til dit Værk!

Baptiste (ser efter Usbek, som fjerner sig).
Han er skummel, som Fanden!
   Roger.
Se Alt! men stands din Snak!
Ta'er jeg fejl af Manden,
Vi er blandt Røverpak!
   Baptiste.
Mig alt mit Mod forlader!
Ej mer
Jeg Frelse ser!
   Roger (levende).
Fat dristig Mod —. en Fader
Ogsaa her
Er os nær!
   (Usbek viser sig atter.)
   Begge.
Rap og stærk
Til dit Værk, 2c.

Syvende Scene.

De Forrige. Rica, med to Slaver.

Rica (sagte til Usbek). Den unge Franskmand er der; jeg har aabnet Haveporten for ham. Han følger lige bag efter mig; thi han paastaar, at Irma har lovet ham en Sammenkomst her i Grotten.

Usbek (til Roger og Baptiste). Gaar!

Roger. Med største Fornøjelse! Nu bringer man os vel hjem igjen.

Usbek. Endnu ikke; men om et Øjeblik kan I gjøre Jeres Arbejde færdigt.

Roger. Hvad for en Ulykke! skal vi vente længere endnu?

Usbek (til Slaverne, pegende paa Roger). Følg ham tilbage til Kjælderen. (De to Slaver og Rica føre Roger bort igjennem Baggrunden, og gaa derpaa til venstre med ham. Usbek siger til de andre, pegende paa Baptiste). Han der ser mere spagfærdig ud, ham skal jeg nok selv sørge for. (sagte) Naar han har gjort Spigerne færdige, vil jeg fængsle ham i den afsides Pavillon, der vender ud til Gaden.

Baptiste. Jeg maa have den Ære, at gjøre Dem opmærksom paa, at jeg er en Mand, der sidder i borgerlig Næringsvej, og dersom jeg i Nat laa uden Huset, kunde det let have højst fortrædelige Følger —

Usbek. Bryd Dig aldrig om det.

Baptiste. Jeg beder — mange Slags højst fortrædelige Følger; thi at lade sit Hus staa for Vind og Vove, og sin Kone ogsaa —

Usbek. Adlyd!

(Usbek og Baptiste gaa ind ad Aabningen paa højre Side.)

Ottende Scene.

Leon (kommer, ledsaget af) **Rica** (ind fra Baggrunden).

Rica. Kom kun ind, Hr. Franskmand! her er ingen, som kan se Dem.

Leon (der kommer fra Baggrundens højre Side). Tak, min Ven! der, tag denne Børs — Hvorledes Du vil ikke? —

Rica (forvirret). Nej, nej, Herre! jeg har ikke fortjent den — De er ikke endnu uden Fare —

Leon (tvinger ham til at modtage den). Hvis det ikke er andet, da frygt intet! Efter hvad der er sagt mig, saa er her jo kun to eller tre Slaver; jeg er bevæbnet.

Rica (hæftigt). Virkelig? — (med dæmpet Stemme). Maaske det kunde behøves.

Leon. Frygt kun ikke — jeg frygter ikke! Du er jo ogsaa hos mig — ikke sandt, Du vilde staa mig bi, dersom jeg trængte til din Hjælp.

Rica (i hæftig Bevægelse). Jeg —

Leon. Ja! Du ser ud til et godt Men-

neske, Du vil ikke forraade os! — Gaa og
sig din Herskerinde, at jeg er her.

Rica (forvirret): Ja — ja — jeg gaar.
(med dæmpet Stemme) Men bliv ikke paa dette
Sted! il afsted herfra, saasnart De kan!
(han gaar.)

Niende Scene.

Leon (alene).

Irma snart er her!
Af sin Sky min Sol huldt fremstiger!
Den Angst, hvoraf jeg opfyldt er,
Haabets Gud, som svæver mig nær,
Kjærligheds Frygt — alting mig siger:
Irma snart er her!

Irma snart er her!
Ak! — men hvis Skjæbnens Lyn os ram-
mer —!

Dog jeg Himlens Blaa kun ser,
Tænker ej paa Lynet mer!
Kjærligheds Ild her ene flammer;
Irma snart er her!

Tiende Scene.

Leon. Irma (i fransk Dragt).

Leon (iler henimod Irma). Irma! jeg ser
Dig da igjen!

Irma Jeg troede, at Du aldrig mere
vilde gjense mig!

Leon. Jeg ventede længe ved Porten,
før der kom en Slave for at lukke mig op.
Irma! tør Du ogsaa stole paa denne Slave?
frygter Du ikke for, at han vil forraade Dig?

Irma. Hvorfor spørger Du derom?

Leon. Han saa forvirret og urolig ud,
— han vilde tale til mig: men turde ikke!

Irma. Frygt ikke. Rica er min Lands-
mand, han er en Græker, som jeg, — han
er os hengiven. Fat ikke Du ogsaa Mis-
tillid til vort ulykkelige Folk; alle vore Med-
kristne, hele Evropa har forstødt os, — vi
ere Trælle for de Vantro, skjøndt vi have
vist, at hellenisk Blod ruller i vore Aarer,
— miskjend Du os ikke — Du, der elskes
saa inderligt af en græsk Kvinde. — Du ser,
at jeg har opfyldt dit Ønske: for ikke at blive
kjendt paa vor Flugt, har jeg klædt mig i
fransk Dragt; ikke sandt, den klæder mig
ogsaa bedre?

Leon. Med hver Dag finder jeg Dig
skjønnere! Men lad os ile herfra.

Ja! afsted! langt bort fra Aag og Farer
Jeg leder dine Fjed!
O Gud! Du ikke svarer?
Du vil ej følge med,
Naar jeg bryder din Lænke?
Elskte Pige! o, sig,
Kan min Bøn Dig vel krænke?

Irma.

Nej! thi jeg elsker Dig!
Men din Elskte ej dølger,
Hun ved ej din Kirkes Bud:
Maaske begaar hun Synd mod Gud,
Hvis saa herfra hun dig følger.

Leon.

Ved vor evige Fader!
Ved den eneste Gud!
Jeg aldrig Dig forlader,
Du for Gud er min Brud!

Irma.

Ved vor evige Fader!
Ved den eneste Gud!
Jeg Dig aldrig forlader;
Jeg fra nu, er din Brud!

Begge.

O Retfærds Gud!
Lad Lynets vilde Flamme,
Hvis vi svige, os ramme,
Men følge vi dit Bud,
Bred da Held om os ud!

Irma.

Afsted, afsted!
Din Irma følger med!
(De ville gaa ud i Baggrunden, da Rica styrter
ind, bleg og forvirret).

Ellevte Scene.

De Forrige. Rica.

Rica.

Ulyksalige! stans! — vid, til Døden I gaa!

Irma.

O Gud!

Leon.

Er vi forraadt!

Rica.

I tavse være maa!
Jeg vil fremme Eders Flugt, endskjøndt det
koster mig Livet!
Thi Abdalla ved Alt — han har os i sin
Magt!
Til ham er Deres Brev om vor Plan blevet
bragt;
Den Tyran denne Snare har selv for os
lagt.
Hist tyve Slaver staa,
Som Befaling er givet,
Hvis I flygte, at støde Jer ned!

Leon.

Følg dristigt! Jeg har min Kaarde! — Kom
med!

Rica (stanser).

De dræber os alle tre!
Men en Udvej til Flugt jeg tror endnu at se!
(peger paa Aabningen til højre.)
I Haven jeg denne Vej Dem vil indlade,
Der ude et Lysthus De ser,
Hvis Dør gaar ud til næste Gade —
Flygt nu hurtigt! Nøglen har De her!

Leon og Irma.

Du Ædle! dette Haandtryk ene maa Dig sige —

Rica (levende).

Nu afsted! Kun ved Flugt De kan Faren
                                  undvige.
                    (Leon og Irma gaa).

Til Dig, o Gud! jeg beder,
Min Herres strænge Bud jeg ved jeg over=
                                    træder.
Men Du ej vil vorde mig vred,
At Uskyld jeg rev fra Gravens Bred!

Tolvte Scene.

Rica (paa venstre Side, i Forgrunden af Theatret).
Usbek (kommer med) Roger og nogle Slaver
            (fra Baggrunden.)

Usbek (ser sig omkring, talende).   Hvor ere
de?
      Rica (talende).   Hos Irma!
            Usbek (til Roger).
Vær nu flink, Dit Arbejd at fuldføre!
            Roger.
Det er det bedste, jeg her kan gjøre!
Men derfor jeg haaber og af Dem,
At De lader mig føre hjem.
(han arbejder i Baggrunden; men skjules af Sla-
            vernes Gruppe).
      Usbek (til Slaverne).
Il paa Timen afsted, den Forvovne at binde,
Som nu hos Irma I vil finde,
Det er Abdallas strænge Bud,
Skjælv hvis I ei nøjagtigt det fører ud!
            Rica (sagte).
Himmel! skjærm de Arme og end deres Kval!
            Usbek.
Lad Medynk Jer ej røre;
Men røgter tro Jert Kald.
Herrens Bud I fuldføre!
Dø han skal!
            Kor.
Ej Medynk os skal røre,
Vi røgte tro vort Kald,
Herrens Bud vi fuldføre:
Til Straf han dræbes skal!

Trettende Scene.

De Forrige.   Baptiste (kommer ganske be=
            styrtet ind fra højre Side).

            Baptiste.
Kom til Hjælp! kom til Hjælp!
            Usbek.
            Ha! hvad er det for Skrig?
            Baptiste.
O til Hjælp! man vil myrde mig!
            Usbek.
Hvilket Skraal! sig, hvorfor Du brøler!?
            Baptiste.
O! vil De vel
Mig slaa ihjel?

Usbek.

Saa tal! frygt Døden, hvis Du nøler!
            Baptiste.
Stille jeg sad, ganske forsagt
I Buret, hvorhen jeg var bragt,
Kun Maanen oplyste det svagt —
Da, med et Brag, Døren gik op —
Skræk gjennembæved min hele Krop!
Thi taus en hvidklædt Aand tren ind,
Fløj mig forbi, let, som en Vind,
Omkuld straks af Rædsel jeg faldt
Og skreg: Gevalt!
Med et nogle Skjulte fremspringe,
Og jeg Sværd mod Sværd hører klinge!
            Rica (sagte).
I Arme! han forraader Jer!
            Baptiste.
Alt man kan høre Støjen her!
            Usbek.
Ja den er nær!
            Rica (sagte).
Ingen Frelse jeg skuer!

Fjortende Scene.

De Forrige. Leon (med den afmægtige) Irma
      (i sine Arme, forfulgt af mange Slaver).

Leon (der kommer fra højre Side og kaster et
            afbrudt Kaardehæfte fra sig).
Ha, slip!
            Slaverne.
Nej! ej Bønner os skal røre
Vi røgte tro vort Kald!
Herrens Bud vi fuldføre;
Til Straf I dræbes skal!
            Leon.
Min Kaarde er brudt og mig Fangenskab
                                    truer —
Alt to af Eders Hob for min Haand bleve
                                    Lig —
Stød til! stød til! hvorfor da skaane mig!?
            Slaverne.
Vor Herres Bud vi ene lyde her.
            Leon
(der udmattet er sunken i Armene paa to Slaver,
      som nu slæbe ham hen i Forgrunden).
Alt er tabt — jeg haaber ej mer!
(Nogle Slaver have imidlertid, paa venstre Side,
bragt Lænkerne i Orden, hvormed Leon skal fængsles
til Pillen; de andre omringe, paa højre Side, den
afmægtige Irma og lægge hende i Lænker.)
            Roger
      (der arbejder i Baggrunden, ser Leon).
O Gud! hvem er det jeg ser?!
      (med høj Stemme:)
      Ej forsager!
      Ej forsager!
Altid Venner er os nær!
(Saasnart Leon, der, fortvivlet og haabløs, er sunken
ned paa det ene Knæ, hører Rogers Røst, føler
han ny Kraft, rejser sig, og faar Øje paa Roger,
      som han gjenkjender.)

Usbek (gaar hen mod Roger).

Ha ti! hvis ej Du Dødens Bytte er!

(han giver Slaverne et Tegn, hvorpaa de slæbe
Leon hen til Pillen og fængsle ham.)

Roger.

Jeg synge vil, som mig behager!
Jeg til mit Arbejd' tralle maa!
  Ej forsager!
  Ej forsager!
Altid Venner er os nær!

Usbek (til Rica).

Forræder! Din Straf Du sikkert skal faa!

Rica (gysende).

Ha! (han bliver slæbt bort af Slaverne.)

Usbek (til Slaverne.)

Herfra nu I gaa!
Den rædsomste Død nu de Frække mod=
    tager.

Slaverne.

Herfra nu vi gaa!

Leon (fortvivlet).

Grusomme Trælle! — skjælv for Straf! —
  thi Gud vor Jammer ser! —

(Usbek lader alle gaa ud af Aabningen paa højre
Side, hvorpaa den strax bliver tillukket med den
store Sten, som man hører Baptiste fastgjøre uden=
for. Muren i Baggrunden er næsten færdig. Roger
sætter den sidste Sten ind og et Bælmørke udbreder
sig over Skuepladsen. Irma udstøder et Skrig, og
falder atter i Afmagt. Udenfor hører man:)

Roger (der endnu synger).

Altid Venner er os nær!

Tredje Akt.

Gaarden og Haven ved Rogers Bolig. I
Baggrunden ses Gaden, og paa Tilskuernes venstre
Side Døren ind til Huset.

Første Scene.

Henriette (i Hverdagsdragt, alene).

Det er allerede højt oppe paa Dagen!
Klokken er alt slaaet 9 paa St. Paulstaarnet,
og Roger er ikke kommen hjem endnu! I
Gaar fulgte Brudeskaren mig hertil med stor
Stads og sagde, at min Mand kom strax
bagefter — da skjælvede jeg ogsaa og var
saa urolig — saasnart jeg hørte den mindste
Støj, strax var jeg bange for, at det var
ham. — Jo vist! — Da var jeg bange
uden Aarsag, og nu — jeg ved ikke, hvor=
ledes det gaar til; men idet man gaar og er
bange for ingenting bliver man utaalmodig.

Jeg var saa fortrædelig, saa vred — saaledes
har jeg gaaet og ventet paa ham siden i Gaar
Aftes, uden at lukke et Øje — jo, jeg har
virkelig tilbragt en behagelig Nat!

(grædende af og til:)

Aa! aa!
Gift først i Gaar,
Alt jeg grædende staar
Og angst tænker paa
Hvordan det vil gaa,
Naar alt han saa
Aa, aa!
Vil gaa
Aa! aa!
Og sig mod mig forsynde!
Naar alt han saa
Vil paa
Vort Ægteskab begynde!

I Gaar sa'e han: jeg Dig tilbeder;
Men Kjærligheds bedste Glæder,
Den hulde Kvinde kan
Først lære af sin Mand!
Vort Liv vil vi salige nyde;
Thi vi vor Ed vil aldrig bryde —
Men — men —

Løfter og Ed
Alt han falsk spøger med,
Og angst jeg tænker paa,
Hvordan det vil gaa, :c.

I Gaar sa'e han: nu huslig Lykke
Du først skal nyde i min Favn,
Jeg med Roser Din Vej skal smykke,
Og Du aldrig skal kjende Savn,
Jeg Dig med Elskovs Baand skal binde
Til dette Hjerte! — dog jeg ved
Ikke af Fryd, kun af Fortræd,
Jeg min Lod ej prisværdig kan finde!

Aa, aa!
Naar nu jeg alt
Ser det gaar mig saa galt,
Jeg jo angst tænke maa:
Hvad bli'er Enden herpaa,
Naar alt han saa,
Aa, aa!
Vil gaa,
Aa, aa!
Og sig mod mig forsynde!
Naar alt han saa
Vil paa
Gale Streger begynde,
Jeg frygter, jeg tilbage
Har mange bitre Dage.

Ak, hvem er det, som kommer der? vore
Naboersker, alle Kvarterets Sladdersøstre!
De ville lykønske mig — Ak! ingen
Aarsag!

Anden Scene.

Henriette. Md. Bertrand (som kommer ind
bag efter de øvrige Naboersker).

Naboerskerne.
Her vi Parret vil frembære
Vore Ønsker for dets Held!
Hymens Lænker glad det bære,
Gid det altid gaa det vel!

Henriette.
Min Tak jeg ej tolke Dem kan!

Naboerskerne.
O! hils den vakre unge Mand?

Henriette (ser Md. Bertrand).
Den Sladrer ser jeg ogsaa her!
Hun for sin Mund forhadt mig er!

Md. Bertrand.
Hvoraf kommer det, om jeg tør spørge,
At vi ej her se Deres Mand?

Henriette.
Hvad, min Mand? — han noget har, han
skal besørge,
Derfor han alt gik tidligt ud!

Md. Bertrand.
Ih! saa skal man se, at det er rigtigt,
Hvad før jeg hørte mumle om,
At hjem i Nat han ikke kom!

Henriette.
Hvad siger De?

Md. Bertrand.
Hvor uforsigtigt!
Tilgiv! jeg med Smerte ser,
De ved min Snak fornærmet er;
Det var min Pligt, at tie her!
Bittert det smerter mig,
At man saa nær vil tage sig
Et Ord, som undslap mig!

Henriette.
Bedste! jeg nok jo ser,
De tager Dem min Lykke nær,
At derfor De er kommen her!
Tror De at saare mig?
Jeg ved jo, at Madammen sig
Ulejliger for mig!

Henriette.
Hun søger kun at sætte Splid blandt
Folk!

Md. Bertrand.
Saadan det gaar, naar man vil tjene
Folk!
Gid Pokker være mere Sandheds Tolk!

Naboerskerne.
Hvilken Kiv! men sig, hvad fattes Dem?

Md. Bertrand.
O, det er kun lidt Strid og Skjælden,
Som man ej møder just saa sjælden.

Henriette.
Den hos os ej skal møde Dem!

Md. Bertrand.
Vist ej før Roger kommer hjem!

Henriette (sagte).
Ha! gid jeg kun Hævn straks kunde tage!

Md. Bertrand.
Ej sandt! den er vist at beklage,
Som narret bliver med sin Mand?

Henriette.
Om den, som ingen vilde tage,
Er mer -- vist De mig sige kan

Md. Bertrand.
Hvad, hører jeg rigtigt?!

Henriette.
Hvor uforsigtigt!
Tilgiv! jeg med Smerte ser,
De ved min Snak fornærmet er!
Det var min Pligt, at tie her!
Bittert det smerter mig,
At man saa nær vil tage sig
Et Ord, som undslap mig.

Md. Bertrand.
Bedste! jeg nok jo ser,
De tager sig min Skjæbne nær,
At derfor sligt De siger her!
Smerte det ej kan mig;
Jeg ved jo, skjønt hun brøster sig,
Hun bytted glad med mig!

Henriette.
Hun søger kun at sætte Splid blandt
Folk!

Md. Bertrand.
Saadan det gaar, naar man vil tjene
Folk!
Gid Pokker være mere Sandheds Tolk!

Naboerskerne.
Hvilken Kiv! saa sig dog, hvad fattes Dem?

Henriette.
Jeg min Tak aflægger Eder;
Men vredes ej, at jeg nu Jer beder,
Kjære Venner! at gaa herfra!·

Naboerskerne.
Som De behager! — Saa gaa vi da!
Nu vi efter Fortids Skikke
Vor Lykønskning har bragt;
Gid nu Tid og Tvedragt ikke
Bryde maa den skjønne Pagt!

(de gaa).

Tredje Scene.

Henriette. Md. Bertrand.

Henriette. Gud ske Lov! de lode mig da
være alene! (vender sig om og ser Md. Bertrand).
Hvorledes, Madame! De er her endnu?

Md. Bertrand. Ja, jeg er! — Vi have
skjændtes med hinanden for ingenting, og
deri have vi gjort Uret; Fruentimmerne bør
holde sammen, hjælpe og beskytte hinanden
mod deres fælles Fjende — Mændene, og
jeg har faaet noget at vide om Deres —

Henriette. Virkelig?

Md. Bertrand. Ja, bedste Veninde!
Jeg blev her til de andre vare borte, fordi
jeg vilde tale med Dem; thi De ved jo nok,
at det er nogle Sladderhanke, som man ikke

kan betro noget! Naar de faa en Hemmelig=
hed at vide, saa er det lige saa godt som at
slaa den op paa Gadehjørnerne — man kan
spare Trykken.

Henriette. Nu, De tror, at min Mand —

Md. Bertrand. Ja, det er en Skam
og Spot, kjære Veninde! Det er utilgive=
ligt! Naar man har været gift i nogle Aar
— saa faar det saa være — saa kan man
have Aarsag til at beklage sig, til at søge
Trøst og gjøre Gjengjæld! Men paa Bryl=
lupsdagen — Nej, det er skammeligt!

Henriette. Er det ikke? Saa ved De
altsaa —

Md. Bertrand. Alt! Men jeg hører
nogen! Det er maaske igjen nogle Sladder=
søstre, der komme for at gjøre Dem Uro.
Følg hjem med mig, der kan vi rolig snakke
sammen, saa skal jeg fortælle Dem det Hele.
Ikke at være kommen hjem endnu! — Dagen
efter sin Bryllupsdag! — jo, de Mandfolk!
— Kom med, min Bedste! vi gaa igjennem
det lille Stræde, saa ere vi strals hjemme hos
mig! Stakkels lille Kone! De er virkelig at
beklage!

(bun gaar med Henriette ind i Huset paa Tilskuernes
venstre Side.)

Fjerde Scene.

Roger (kommer hurtigt og i dybe Tanker ind
fra Gaden, stanser i Forgrunden og gaar langsomt
frem og tilbage).

Nej! jeg kan ikke begribe, hvorledes det
hænger sammen! — I Dag Morges staar
jeg paa det samme Sted i Forstaden, hvorfra
de Fremmede igaar Aftes førte mig bort!
(han ser sig rundt omkring og lægger Mærke til, at
han er hjemme) Ah! — Og Henriette! min
stakkels Kone! hvor hun maa have været
urolig for mig! (gaar til Døren paa venstre
Side og banker flere Gange) Henriette! Hen=
riette! hvordan! hun er alt gaaet ud! —
Jeg er ene! — jeg ved ikke, hvad jeg skal
gribe til! — Hvorledes skal jeg frelse dem?
hvorledes skal jeg komme til dem? — Jeg
var hos Baptiste! Man har brugt samme
Forsigtigbed, samme Omstændigheder med at
bringe ham tilbage! Jeg var hos Politilieut=
nanten, for at angive ham Sagen, han be=
falede mig at gaa hjem og vente hans Be=
falinger. Men naar han spørger mig, hvad
skal jeg da svare? hvad har jeg at angive?
— Jeg har godt ved at huske alt, hvad jeg
ved! — Ah! Baptiste! er Du der?

Femte Scene.

Roger. Baptiste.

Baptiste (endnu bleg og forstyrret). Ja,
Svoger! — Det er for Din Skyld, jeg
kommer; thi hvad mig angaar, saa synes
mig —

Roger. Nu, hvad ved Du?

Baptiste. Der har været saadan en Kulde
og Rystelse over mig siden i Aftes.

Roger. Det er en Feber, Du har faaet
af Frygten.

Baptiste. Kan være; men den vil slet
ikke forlade mig.

Roger. Har Du været hos Assistenten i
Kvarteret? Hvad sagde han til Dig?

Baptiste. Ingenting! jeg har ikke set
ham.

Roger. Er det muligt? Bleve vi ikke
enige om, at Du skulde gaa til ham?

Baptiste. Jo vist gjorde vi. Jeg var
ogsaa i Gaden, hvor han bor — men saa
hændtes der mig noget —

Roger. Hvorledes? Hvad var det? Noget
Nyt?

Baptiste. Nej! — jeg faldt i Betragt=
ninger, i vigtige Betragtninger! — Ser Du,
Roger! de brillante Vogne, hvori vi kjørte,
de to Guldbørser, man gav os, de mange
Tjenere, som omringede os, og som vare saa
uforskammede — Alt dette beviser —

Roger. Hvad?

Baptiste. At vi befandt os hos en stor
Herre, og vi simple Folk bør ikke blande os
i, hvad saadanne Herrer gjøre.

Roger. Er det virkelig Din Mening?

Baptiste. Ja vist er det! — Det er
meget bedre, at man passer sig selv, og ikke
fører sig i Ulejlighed for andres Skyld.
Tænk Du en Smule efter, saa skal Du se,
at en rig Mand har altid Ret.

Roger. For Fanden! hvorfor?

Baptiste. Hvorfor? hvorfor? Derfor, at
han er rig — Og Du har Uret — Du er
en Tosse, der blander Dig i andres Sager,
som ikke komme Dig ved.

Roger. Du vil da, at jeg ikke skal be=
kymre mig om den ulykkelige unge Mands
Frelse?

Baptiste. Vær Du ganske rolig! For
ham er jeg slet ikke bange — efter hvad jeg
har set, maa han være en fornem Herre.
Naar vi andre ere i Fælden, maa vi blive
der; men saadanne Folk slippe altid ud.

Roger. Og hvorledes vil Du da, at han
skal slippe ud af det?

Baptiste. Bah! ved hans mægtige Vel=
yndere! Saa maa Du ogsaa vide, at da
jeg i Morges løste Bindet fra mine Øjne,
hviskede den ene af mine Ledsagere til mig:
Ti stille! ellers skal vi nok finde Dig!

Roger. Det samme har man sagt til mig; men det bryder jeg mig ikke om.

Baptiste. Men saa hør dog! Ligesom jeg nylig vilde gaa ind til Assistenten, saa jeg En, som fulgte mig i Hælene, og jeg tror bestemt, at det var en af dem, som førte os bort.

Roger. Og Du greb ham ikke straks i Brystet? Du holdt ham ikke an?

Baptiste. Tværtimod! jeg lod ham gaa; det er det der har frelst mig.

Roger. O Gud give, jeg havde været i Dit Sted! Nej, Baptiste! saaledes kan jeg ikke bære mig ad! — Ske, hvad der vil — jeg vil frelse ham!

Baptiste. Men hvor kan det være muligt, at Du kan være saa forhippet paa det?

Roger. Jeg sværger Dig til, at jeg ikke skal bringe Dig i Ulejlighed; men husk Dig om; kan Du ikke erindre noget? Har Du ikke set eller hørt noget, som kan bringe os paa Spor?

Baptiste. Saalænge vi kjørte, havde jeg jo tilbundne Øjne saavelsom Du, og i Grotten, hvor den Satan af et Menneske talte med os, var jeg saa bange, at jeg hverken kunde høre eller se — imidlertid — naar jeg kunde stole paa Din Tavshed, saa kunde jeg nok fortælle Dig noget, som jeg har opdaget.

Roger (falder ham om Halsen). O, min Ven! min Velgjører! tal! tal!

Baptiste. Udenfor Grotten, hvor det blev dobbelt saa mørkt da vi havde tilspærret alle Indgangene, var jeg nær faldet, og da jeg samlede omkring i Mørket for at komme paa Benene, fik jeg fat paa en Dolk, som vist maa tilhøre Folkene der i Huset.

Roger. Folkene der i Huset?

Baptiste. Jeg puttede den uformærket ind under min Vest — (sagte) og her har jeg den!

Roger. Giv mig den! Det er et Kaardehæfte. — Hvad kan det bevise? — Hvad ser jeg? Her staar et Vaaben! Jeg faar atter Mod! Det er dog et Glimt af Haab!

Baptiste. Skulde Du vide noget?

Roger. Endnu ved jeg intet; men jeg iler straks afsted.

Baptiste. Men tænk paa, at Du skal vente Politilieutnantens Befaling.

Roger. Det er sandt! Saa gaar da Du gesvindt hen til Gravøren, som bor her i Forstaden; maaske han ved, hvilken Adelsmands Vaaben det er — derpaa lader Du Adelsmanden paa Øjeblikket arrestere.

Baptiste. Arrestere? Hvad tænker Du paa?

Roger. Saa skal jeg gjøre det! Gaa Du blot til Gravøren, det er alt hvad jeg beder Dig om; det kan dog ikke føre Dig i Ulejlighed.

Baptiste. Nej! det skal jeg nok tage mig i Agt for; jeg siger ham ikke hvem jeg er.

Roger (støder ham ud). Som Du vil; men skynd Dig og kom snart tilbage!
(Baptiste gaar.)

Sjette Scene.

Roger (alene).

Ha! den rædsomste Uro overalt mig forfølger!
Alt mig siger, at nær deres Fængsel jeg er!
Men hvor er det Sted, Tyranen dem dølger? —
Hvordan skal jeg finde dem der?
  Evige Gud! frels ham fra Døden,
  Og lad mit Øje naa
  Hans Fængsels skjulte Vraa!
  Staa min Velgjører bi i Nøden!
  Lad Natten vorde Dag,
  Antag dig Uskylds Sag!
  Kun af mig han Frelse haaber,
  Hans Skrig lyde højt efter mig!
Fortvivlet knæler jeg for Dig,
  Jeg, store Gud! Dig angst anraaber!
Før Nat — i Dag — Døden har brudt hans Stav —
O Gud! i Morgen finder jeg kun — hans Grav!

Syvende Scene.

Roger. Md. Bertrand.

Md. Bertrand (kommer fra venstre Side). Stakkels lille Kone! hendes Stilling og Adfærd maa røre ethvert følende Hjerte! Nu sidder hun hjemme hos mig — (hun faar Øje paa Roger, som staar nedsunken i dybe Tanker) Ah! er De der, Nabo! Naa, De er da kommen hjem?

Roger. Ja, nu nylig! Hvad bringer Dem herhid saa tidlig?

Md. Bertrand. Saa tidlig? Det er som man tager det; der er Folk som finde, at det er meget sildig at komme hjem — og dersom jeg ikke havde givet Deres Kone et Vink om Aarsagen —

Roger (rast). Min Kone!

Md. Bertrand. Hun vilde ikke se Dem mere, ikke komme hjem til Dem; men jeg har paataget mig at forsone Dem med hinanden.

Roger. Saa? — Ja, naar De tager Dem af vore Sager, saa er det nok forbi med vor Enighed. Hvor er hun da nu?

Md. Bertrand. Hjemme hos mig; jeg har gjort mig al Umage for at trøste hende.

Roger. Hos dem? Jeg vil straks derhen!
(vil gaa; men møder Baptiste.)

Ottende Scene.

De Forrige. Baptiste (kommer løbende ganske aandeløs).

Roger. Naa! hvad har Du faaet at vide?

Baptiste. Forskrækkelige Ting! — Denne Gang har jeg ikke løbet for intet.

Roger. Himlen ske Tak! tal!

Md. Bertrand. Ja vist, tal! skynd Dem noget!

Baptiste. Jeg har været hos Gravøren.

Md. Bertrand. Hos Gravøren?

Baptiste. Ja, han bor her i Forstaden paa en Kvist. En dygtig Kunstner, meget lærd Karl, som kjender alle adelige Familiers Vaaben, baade gamle og nye, for han forfærdiger nogle hver Dag, og han har sagt mig, at vores Vaaben, jeg mener det vi tale om, tilhører Familien Merinville, hvis Pallads ligger tæt ved Tøjhuset.

Md. Bertrand. Det er et dejligt Pallads og en forskrækkelig rig Familie.

Roger. Det er lige godt; jeg maa straks løbe derhen.

Baptiste. Har jeg ikke allerede gjort det? men med største Forsigtighed og uden Fare; thi der var saa mange Mennesker i Gaarden, at ingen lagde Mærke til mig. Alle Folkene løb frem og tilbage, og talte alle om en Hertug Leon de Merinville, en ung Oberst, rig, godgjørende, gavmild, — kort sagt, en Herre, som man ikke finder Magen til; thi om det saa var Tjenerne, saa berømte de ham — og alle vare de ude af sig selv, fordi han ikke var kommen hjem i Nat, og ingen vidste hvor han var bleven af.

Roger. O, Gud! — det er ham!

Baptiste. Sagde jeg ikke det til mig selv? Jeg tænkte straks, at den Tingest, jeg havde fundet, maa tilhøre ham, og uden at tale derom til noget Menneske, løb jeg derhen for at fortælle Dig min Opdagelse.

Roger. Den Ulykkelige! — Vi ere da komne paa Spor! Vi ved Offerets Navn; men ikke Forbryderens, ikke hvor den Ulykkelige er indesluttet! — O! dette er endnu en Gaade! Naar jeg imidlertid lægger alle disse Efterretninger sammen —

Md. Bertrand. Rigtigt! saa finder man nok ud af det! Hvis De bare vil have den Godhed at sige mig --

Roger (gaar frem og tilbage med store Skridt). Ti stille! ti stille! Paa den Maade vil det nok gaa an!

Md. Bertrand. Men, Hr. Baptiste! saa sig De mig i det mindste —

Baptiste. Hvorledes! Saa De kjender da ikke til Sagen? Jeg troede, at De vidste —

Md. Bertrand. Nej, ikke det mindste!

Baptiste. Ja, hvis De ikke kan faa noget at vide af andre end mig, saa — Men sig mig dog, Roger! —

Roger. Lad mig være! siger jeg. — Gaar begge to.

Md. Bertrand. Men, Hr. Baptiste! Kjære Nabo! hvad er der paa Færde?

Roger. Intet! intet! gaa bare! Lad mig være alene!

Md. Bertrand. De ere begge to gaaet fra Forstanden! Men jeg vil gaa hen til Baptistes Kone; jeg kjender hende, og ved hun bare det allermindste, saa skal jeg nok gjætte mig til Resten.

(gaar ud med Baptiste.)

Niende Scene.

Roger (alene, gaar frem og tilbage med store Skridt).

Hvad skal jeg gjøre? Hvad skal der blive af? — Hvem kommer nu der igjen? Det er Henriette, det er min Kone!

Tiende Scene.

Roger. Henriette (kommer fra venstre Side).

Henriette (koldt). Ah! er De der, min Herre? Jeg tænkte nok, at Skammen og Deres Samvittighed forbød Dem at komme for mine Øjne, derfor kommer jeg til Dem, som De ser.

Roger. Hvad siger Du?

Henriette. De venter kanske, at jeg vil komme med Klager og Bebrejdelser? — Nej, ikke en eneste! Man er ikke skinsyg paa nogen, uden at man elsker dem, og jeg kommer blot for at fortælle Dem en Opdagelse, jeg har gjort, og den er: at jeg ikke elsker Dem mere!

Roger. Og hvorfor?

Henriette. Hvorfor? Og det tør De spørge om? (brister i Graad) Tænk bare paa, hvad Du har gjort i Nat?

Roger. Henriette! jeg kan forsikkre Dig —

Henriette. Ja, at Du vil lyve! Men det nytter Dig ikke; thi jeg ved Alt! — De maa vide, min Herre! at den lille Felix, Traktørens Opvarter, har set, at De, i Gaar Aftes, er gaaet bort med to andre Herrer — og hvor gik De saa hemmelighedsfuldt hen, om jeg maa spørge?

Roger. Hvor jeg gik hen? Det ved jeg virkelig ikke.

Henriette. Saa? De ved det ikke? Ej, ej! — Men jeg, min Herre! jeg ved det.

Roger (glad). Er det muligt?!

Henriette. Ja, det er muligt! Mad. Bertrand har fortalt mig al Ting. Det er en meget brav Kone, som beklager mig, som holder af mig; thi om De endogsaa ikke elsker mig mere, saa maa De ikke tro, at hele Verden bærer sig ad, som De. Den lille Felix, som ogsaa vilde være med at føre Bruden hjem, kom bagefter og fortalte Mad. Bertrand, hvad han havde set, og da den stakkels Kone kom hjem, var det hende ikke muligt at sove, saa meget grublede hun over, hvad det kunde være for en hemmelig Sammenkomst De skulde til. Da hun saaledes havde gaaet og grundet en Times Tid, hørte hun en Karet, der kom rullende — og da hun skulde se til — (bryder ud i Taarer) Nej, det er altfor galt, jeg kan ikke sige det!

Roger. O Gud! — Henriette! jeg beder Dig, bliv ved — det gjælder mit Liv, min Lykke.

Henriette. Din Lykke? — Nu vel, Troløse! siden De da tvinger mig dertil, saa vid, det var Dem hun saa stige ud af Kareten; De var ledsaget af de samme Personer, og gik ind i det store smukke Palads, hvor den fremmede Herre bor.

Roger. Hvad hører jeg?

Henriette. Ja! I den tyrkiske Gesandts Palads.

Roger (paa Knæ). Himlen være lovet!

Henriette. Rigtigt, min Herre! bed De kun om Tilgivelse, De kan trænge dertil.

Roger (rejser sig). Kone! kjære Kone! naar Du vidste, hvor lykkelig jeg er! — Men jeg har ikke Tid! — Jeg elsker Dig, jeg tilbeder Dig, — jeg iler derhen! (møder Madame Bertrand, som kommer ind fra Baggrunden) Ha! er De der? bliv hos min Kone, trøst hende, tal med hende! Jeg er her igjen paa Øjeblikket!

(Han løber ud i Baggrunden.)

Ellevte Scene.

Henriette. Md. Bertrand.

Md. Bertrand. Hvor er det, han vil hen? Hvad vil han sige med det?

Henriette (grædende). O, min gode Madame Bertrand! jeg er meget ulykkelig! Min Mand er bleven forrykt, han har mistet Forstanden'

Md. Bertrand. Maaske er det Deres egen Skyld, min Bedste! saadant noget fordrer Overbærelse, og De har maaske været alt for haard imod ham — han er endnu saa ung i Ægtestanden og ikke vant til saadanne Smaaskjænderier.

Henriette. Hvad? Tror De, at jeg har skjændt paa ham? tvertimod, jeg har været altfor sagtmodig, endskjøndt jeg havde Ret! Jeg vil gaa hen til min Broder og fortælle ham alt.

Md. Bertrand. Deres Broder! Jo vist! Med ham ser det endnu værre ud, hanhar nok gjort endnu galere Streger.

Henriette. Hvad siger De?

Md. Bertrand. Jeg tænkte nok, at der maatte være noget paa Færde, som ikke hængte rigtigt sammen. Jeg kommer just fra ham, og hans Kone er ganske ude af sig selv. Tænk engang, Mester Baptiste, Deres Broder, har ikke været hjemme i Nat.

Henriette. Hvorledes? Han heller ikke?

Md. Bertrand. Han heller ikke! Det er to smukke Svogre! Hvilken Familie! hvilket Eksempel for Forstaden! thi hidtil har dog Mændene i det mindste holdt sig hjemme om Natten.

Henriette. Jeg vil tale med min Broder!

Md. Bertrand. Det gjør De Ret i; De har Aarsag til at skjænde paa ham, paa hele Familien — og jeg skal hjælpe Dem. Det er en Sag, som angaar os Alle.

Henriette. Men De er jo Enke —

Md. Bertrand. Det er det samme! man kan jo ikke vide, hvad der kan ske — (ser ud paa Gaden). Men se engang! Hvor mon alle Folk løbe hen?
(Man ser Folk, der løbe over Skuepladsens Baggrund.)

Tolvte Scene.

De Forrige. Baptiste (bleg og forvildet).

Baptiste.
O, hvilken Støj! hør, hvilke Skrig! Jeg er saa angst, at det skal gjælde mig!

Henriette og Md. Bertrand.
Hvorfor?

Baptiste.
Det ved jeg ej; men jeg skjælver af Skræk!

(til Henriette)
O, Du maa skjule mig hos Dig! Ak! gid jeg vel var væk! Lyt til! hør hvilken Støj!

Md. Bertrand.
O hør! De nærme sig!

Henriette.
Gud! Frygt og Angst betage mig!

Md. Bertrand.
Sværmen Huset omgiver!

Baptiste.
Jeg ej den kan undgaa! Vist fangen jeg nu bliver, Ihjel den vil mig slaa!
(Alle tre skjule Ansigtet i Hænderne, Sværmen trænger frem paa Gaden; Roger, med sin Hammer i Haanden, kommer, efterfulgt af Leon, Irma og Rica. En Del af Sværmen følger efter dem ind i Gaarden, de øvrige krybe op paa Stakitværket og svinge Hattene.)

Trettende Scene.

De Forrige. Leon. Irma. Rica. Roger.
Folkehoben. Arbejdere (med Hammere i Hænderne).

Folkehoben.
De er frelst ved hans Mod!
Han kjæk satte Livet i Fare,
Og Gud, som Uskyld mon forsvare,
Hans ædle Handling lykkes lod!

Henriette. Men hvad betyder det?

Roger. O, elskede Kone! jeg har frelst min Velgjører og hans Brud! — Hurtigt ilede jeg til Politilieutnanten, med en Del Politibetjente brød jeg ind i den tyrkiske Gesandts Hus, hvori Du sagde, at jeg havde været i Nat; Gesandten og alle hans Folk vare afrejste i Morges: Huset stod øde. Endelig fandt jeg denne tro Slave, som Tyrannen havde ladet lænke og kaste i en dyb Kjælder; han viste os de Ulykkeliges Fængsel, vi brøde ind i Grotten og jeg nød den Glæde at løse deres Lænker. O, Kone! Velgjører! jeg er det lykkeligste Menneske paa Jorden!

(trykker Henriette og Leon op til sit Bryst.)

Leon og Irma.
Behjertede Mand! Du med Mod
Vor Lænke brød, trods Din egen Fare!
Du i Nøden os ej forlod,
Jeg trofast Mindet skal bevare!

Roger.
O Gud! Du har hørt min Bøn!
    (til Henriette)
Du har dog sikkert tænkt: jo min Mand er
                en Kjøn,
Som saa i bælmørk Nat fra sit Hjem bort
                kan rende!

Leon.
Hendes Brede til Fryd jeg haaber snart at
                vende!

Irma (til Roger).
Du skal blive hos os —

Leon.
        Og intet mangle mer!

Irma. Henriette. Leon. Roger.
Vort Held vi af Venskabs Haand modtager.

Alle.
Glæden Venskab tro ledsager,
Og, at hans Vise Sandhed er,
Nu af Erfaring selv vi ser:
    Aldrig forsager!
    Aldrig forsager!
Altid Venner er os nær!

Kjøbenhavn.

Forlagt af J. H. Schubothes Boghandel.

Græbes Bogtrykkeri.